國家圖書館藏古籍善本集成
陳紅彥 主編

宋刻本蘆川詞

[宋] 張元幹 撰

出版說明

文物出版社

出版说明

陳紅彦

《蘆川詞》为宋張元幹诗文集，二卷，宋刻本，有清著名藏书家黄丕烈跋。

張元幹（1091－1161年），字仲宗，號蘆川居士，又號真隱山人，福州永福（今福建永泰）人。北宋政和間入仕，宣和七年（1125年）為陳留縣丞。靖康元年（1126年）因主戰，與李綱同被貶職。南宋建炎間為將作監。紹興元年（1131年）以右朝奉郎致仕。紹興二十一年（1151年），坐送胡銓詞，追赴臨安大理，削籍除名。三十一年（1161年）卒。有《蘆川歸來集》、《蘆川詞》。《蘆川詞》，《宋史·藝文志》著錄二卷，陳振孫《直齋書錄解題》所載長沙書坊刻《百家詞》本為一卷。今存各本或為一卷，或為二卷，內容大致相同。此宋刻本為二卷。

自宋以來，《蘆川詞》開卷即送胡銓、寄李綱二《賀新郎》詞。周必大《文忠集》有慶元二年（1196）《跋張仲宗送胡邦衡詞》，說：『張元幹字仲宗，在政和、宣和間已有能樂府聲。今傳於世，號《蘆川集》。凡

百六十篇，而以《賀新郎》二篇為首。』《四庫全書總目》提要說：『此集即以此二闋壓卷，蓋有深意，其詞慷慨悲涼，數百年後尚想其抑塞磊落之氣。然其他作則多清麗婉轉，與秦觀、周邦彥可以肩隨。毛晉跋曰：「人稱其長於悲憤，及讀《花庵》、《草堂》所選，又極嫵秀之致。」』

正如如周必大所述，此宋本以贈李綱、胡銓《賀新郎》詞開卷。但所收上卷八十五首，下卷一百零一首，合計一百八十五首，與周必大說數目不合。

宋代白皮紙印，紙背為宋代檔冊，有朱墨字跡，也有殘存印記。各詞分片提行，版式疏朗，字大悅目，宋刊宋印，極為精美。全書經前人朱筆圈點。然全書紙背之字難以分辨。

宋刻書末黃丕烈跋兩則，一云：『宋板書紙背多字跡，蓋宋時廢紙亦貴也。此冊宋刻固不待言，而紙背皆宋時冊籍朱墨之字，古拙可愛，並間有殘印記文，惜已裝成，莫可辨認。附著之，以待藏是書者留意焉。復翁又記。』

另一則云：『此書出元妙觀前骨董鋪中。余聞之，欲往觀，而主人已許歸竹厂陳君，僅一寓目焉而已。頃從他處買得影鈔舊本，識是刻本行款。讎校之，私卒未能忘情於前所見者，遂托蔣大硯香假之，而竟獲焉，許以十日之期，校補影鈔失真處，何幸如之。庚午七月，丕烈記』。

跋中所云影宋抄本《蘆川詞》目前亦藏國家圖書館，黄丕烈有跋見於影宋抄本後，對宋板書紙背及紙背字跡有所描述：『卷上首葉有藏書人家舊印，原截去其半，釘入線縫中……故印文不全。其聯珠小方印未損，或當日一人所鈐，惜無從考其人。』又說：『此詞用廢紙刷印，審是冊籍。偶閱之，知是宋時收糧檔案，故有「更幾石」、「需幾石」，下注秀才、進士、官戶等字，又有縣丞、提舉、鄉司等字，戶籍官銜略可考見。「粳」、「糯」省文，皆從便易。雖無關典實，聊記於此，以見宋刻宋印古書源流多有如此者。紙角截殘，印文模糊不可辨識矣。』

此本嘉慶間為陳竹厂所得，後歸鐵琴銅劍樓瞿氏。

二十世紀五十年代初，瞿氏藏書或捐或售，瞿氏有六種

珍貴善本出售時，北京圖書館（國家圖書館前身）善本部主任趙萬里先生委託丁福保先生購買後捐贈北京圖書館，此宋刻本《蘆川詞》即為六種之一。

策　　劃：莊喜臣

責任編輯：李縉雲　賈東營
責任印製：梁秋卉

图书在版编目（CIP）数据

宋刻本蘆川詞 /（宋）張元幹撰．-- 北京：文物出版社，2016.10
（國家圖書館藏古籍善本集成 / 陳紅彥主編）
ISBN 978-7-5010-4722-2

Ⅰ．①宋… Ⅱ．①張… Ⅲ．①宋詩—詩集②宋詞—選集 Ⅳ．① I222

中國版本圖書館 CIP 資料核字（2016）第 207642 號

國家圖書館藏古籍善本集成

宋刻本蘆川詞　一函二册

［宋］張元幹　撰

出版發行　文物出版社
郵　　編　一〇〇〇〇七
地　　址　北京市東直門内北小街二號樓
網　　址　hppt://www.wenwu.com
郵　　箱　web@wenwu.com
製　　版　常州市彩之源數碼圖像有限公司
印　　刷　常州市金壇古籍印刷廠有限公司
開　　本　十六
版　　次　二〇一六年十月第一版
　　　　　二〇一六年十月第一次印刷
書　　號　ISBN 978-7-5010-4722-2
定　　價　一四八〇圓